조각조각 붉게 타다

작가마을 시인선 67

조각조각 붉게 타다

© 2023 박종숙

초 판 인 쇄 | 2023년 12월 15일
초 판 발 행 | 2023년 12월 20일

지 은 이 | 박종숙
펴 낸 이 | 배재경
펴 낸 곳 | 도서출판 작가마을
등 　 록 | 제 2002-000012호
주 　 소 | 부산시 중구 대청로141번길 3, 501호(중앙동, 다온빌딩)
　 　 　 　 서울시 도봉구 도당로 82(방학1동, 방학사진관 3층)
　 　 　 　 T. 051)248-4145, 2598 F. 051)248-0723 E. seepoet@hanmail.net

ISBN 979-11-5606-250-9　03810　정가 10,000원

※ 본 도서는 2023년 부산광역시, 부산문화재단 '부산문화예술지원사업'으로 지원을 받았습니다.

작가마을 시인선 ⑥⑦

조각조각 붉게 타다

박종숙 시집

도서출판
작가마을

시는 언제나 그 자리에 있는데
내 마음만 변죽을 울렸는지
알곡들을 제대로 추스르지 못했다.
첫 시집을 너무 오래 묵힌 탓이리라.

시는 내 안에 있는
구름을 터뜨리는 작업이었다.
지울수록 번지는 그리움을 풀어 놓으며
이 시집을 먼저 간 여동생에게 바친다.
뿌리내리지 못한
염원들이 붉게 피어나기를 ….

2023년 겨울
박종숙

제2부

제3부

제4부

작가마을
시 인 선
067

조각조각 붉게 타다

박종숙

제
1
부

조각조각 붉게 타다

오솔길 걷다가 하늘을 본다 오솔길 걷다가 하늘을 본다
품으로 뛰어든 붉은 노을　　품으로 뛰어든 붉은 노을
기억 속 풍경 감아쥐고　　　기억 속 풍경 감아쥐고
목이 쉬도록 울던 날　　　　목이 쉬도록 울던 날
버텨내던 신열같은　　　　　버텨내던 신열같은
아픔의 조각들이　　　　　　아픔의 조각들이
새벽을 지우며　　우리가　　새벽을 지우며
나를 달랜다　　　다시　　　나를 달랜다
이 세상에　　　　바람으로　이 세상에
온 이유　　　　　만나서　　온 이유
묻는다　　　　　너　　　　묻는다
지금　　　　　　다시　　　지금
우리가　　　　　나에게로　우리가
바람으로　　　　온다면　　바람으로
만나 다시　　　　바람으로　만나 다시
온다면 우리　　　만나　　　온다면 우리
다시 만난다면　　꽃처럼　　다시 만난다면
바람으로 만나서　다시　　　바람으로 만나서
기쁜 일들만 네게　핀다면　기쁜 일들만 네게
꽃처럼 피어난다면　　　　　꽃처럼 피어난다면
오늘도 난, 너를 쓴다　　　오늘도 난, 너를 쓴다
기억 속 풍경 감아쥐고　　　기억 속 풍경 감아쥐고
품으로 뛰어든 붉은 노을　　품으로 뛰어든 붉은 노을
오솔길 걷다가 하늘을 본다 오솔길 걷다가 하늘을 본다

산 그림자

거울 같은 호수에
곰 한 마리 내려와 앉았네
철부지 어린아이 돌팔매질에
육중한 곰 한 마리 소리 없이 요동치네

산 그림자 길게 내려앉을 쯤
산촌의 구수한 저녁연기 맡으며
길 떠나던 노승의 뒷모습
저만치 사라지고

곰 한 마리 물 위에서
물구나무서기를 하고 있네
부끄러워 얼굴 빨개지며
별에게 속삭이네

서산에 목맨 붉은 해를 아쉬워하는
호수는 금빛으로 출렁이고
나는 황혼이 아쉬워
산 그림자 쫓아 뜀박질 치네

수족관

생각이 수족관에 갇혔다
기도에도 열리지 않는 물길
유리 벽에 막힌 시간 앞에
지느러미 세워보지만
서로 다른 궁리들이 비틀거린다

막다른 길목에서 가슴에 숨겨놓은 아가미
습관처럼 웅크리며 떼어 놓지 못한 걸음
가끔씩 눈 마주쳐도 물결만 높아져
아직 통로를 찾지 못했다
젖은 채로 살아가기 싫은 까닭이다

어둠 물고 푸른 숨 토해내는 바다를 본다
파도를 견디는 일이 힘들었을 것이다
우기고 살아가는 일이 두려웠을 것이다
닿을 수 없는 거리에서 비로소 보이는 것들
기울어진 길들이 차가운 밤을 읽는다

스팸 메일

스팸 메일과의 전쟁을 선포하던 날
한나절을 시름하다
허기진 배를 쥐고
밥상 앞에 앉으니
콩자반 옆에
스팸 조각이 웃고 있다

알몸 살짝 드러내며 요염하게 웃는
발갛게 달아오른 스팸 조각
흔들리는 눈빛
조심스럽게 다가가 한 입 베어 물자
마우스의 화살이 가슴을 뚫는다

일회용 사랑 앞에서
버튼 하나면 좋을
허기진 유혹
그 날

차갑게 버려진
스팸 메일이
휴지통에서 탈출했다
입안에서
스팸 조각이 실실 웃는다

삭제된 메세지

꽃잎 머문 자리
달빛 창에 걸어두고
눈물점을 찍는다

들판을 누비던 오월도
마른 잎으로 돌아서던 시월도
노래 속에 스미는데
길 위에 새겨진 발자국
차마 오선지에 담을 수 없어
돌아앉아 수없이 쉼표를 찍는다

너는 어느 잠 속에서 올까
명치에 걸린 별 하나
구름 위에 채워진 숨결이
독백처럼 피어난다

걸음 위로하는 어둠 속에서
새벽이면 다녀가는 이슬
이제 편히 놓아주고 싶다

비를 맞다

어스름 빈 뜰에
다가오는 환한 웃음
밝아서 더 시린
바래지 않는 기억이다

계절은 다시 가도
떠나지 못하는 구름
바람 소리마저 꺾여
멈춰진 시간 속에 떠 있다

헝클어진 걸음 마주칠 때마다
눈물 겹겹이 쌓인 하늘
울체된 가슴은
잠 속에서도 자유롭지 못하다

어쩌다 슬픔으로 보냈을까
탓하고 싶은 마음
회한으로 얼룩진 가슴에
비가 되어 내린다

만날 수 없는 그리움
아파도 잊는 것은 더 두려워

푸른 날의 꿈들 데리고
빗물 삼키며 간다

지하철

흑백사진 같은 엄숙함이
불빛을 누르고
거기 빛 너머로
또 하나 세상이
말없음표를 찍고 있다

시간이 레일 위로
훌쩍 뛰어내리고
굴절된 시선들이
미끄러지듯 빨려든다

잠시 하나 된 존재들이
문득 돌아가야 할 때를
잊지 않으려 되뇌듯
공존하는 세상을 향해
문 두드린다

거대한 로봇은 토해내듯
나를 버리고
지네가 되어 사라진다
크게 한 번 소리친 적 있던가

가끔 두렵다

나무 위를 서성이는 새
공중을 한 바퀴 돈다
이 나무에서
저 나무로 옮겨 앉는다
날개를 펴는 일을
잊은 것은 아닌지
긴 강 혼자 건너며
제 몸 휘청이는 것 아는지
가끔 두렵다

캄캄한 밤 새끼들만
오글오글 모여 있는 둥지
어느 날 갑자기
허공으로 솟구쳐 빈 날개 될까봐
하루에도 몇 번씩
외고 있는 부리 안의 지저귐
가끔 두렵다
너무 많은 궁리들이 기억을
밀어내고 있다

건망증

시간 속 통로를 여닫는
발자국들이 가끔 내게서
달아난다

때로는 이쪽과 저쪽 사이를
가늠하지 못해
날카롭게 들이치는 숨에
상처로 베일 때도 있다

길이 멀어져
더 이상 볼 수 없을 때는
그 길을 지우고 싶어진다

굴절된 시선에 갇혀
사계절을 오만으로 펼치던
풍경도 무너졌다

돌아누운 그림자를 본다
잠든 뿌리는 어디로
그늘을 보내는가

〉
안개 속 먼 길 달려온
바람이 비밀을 삼킨 듯
재채기를 한다

까마귀

붉은 꽃 환한 웃음
마른 입술로 건너간
너를 보내고
나는 까마귀가 된다

내 탓만 같아
참회의 말 띄워보지만
돌아누워 부서지는 강물에
흥건하게 잠겨 오는 구름

잘라내도 돋아나는 검은 날개
찢기는 절규
새 한 마리 막장에 갇혀
날카로운 부리로 살점을 뜯는다

온종일 비가 내려도
씻기지 않는 얼룩
여린 풀잎도 부대끼면
할퀼 때가 있어

네 생각 이제
자유로운 들판에 놓았는데

왜 눈도 웃음도
아직 검다 하는가

물구나무를 서다

바위를 품은 산이
호수로 내려온다

단풍에 취해 있던 새들이
놀라 날아오르고
구름은 저만치 비켜 앉는다

망설이는 풍경들 속에
근심을 풀어 놓았는지
호수는 깊어지고
차오르는 가슴 속 물집

계절은 다시 오는데
건널 수 없는
이별의 시간들

그림자를 이고 선 나는
남은 햇살을 쥐고
물구나무를 선다

민들레

시멘트 계단 틈새를 뚫고
민들레가 피었다
너른 들판 다 놓아두고
왜 여기까지 왔을까

바람에 떠밀려온 갈증
걸음이 온기 놓고 가도
달이 해가 될 수 없어
그늘을 움켜쥔 손

두려움의 경계 지우지 못해
끊임없이 목마르지만 차라리
추운 날의 기억으로 산다

넘치도록 맑은 하늘
봄은 오는데
언 몸 녹일 사이도 없이
다시 바람이 분다

더 가벼워지기 위해
얼마나 많은 궁리를 해야 할까
자아를 두드리는 소리
홀씨 되어 흩어진다

낙타와 사막

낙타를 기다리는 사막은
작은 바람에도 설렌다
가도 가도
끝이 보이지 않는 길
낙타는 돌출된 육봉에
내뱉지 못한 말들을
산처럼 쌓고 간다

황량함 끌어안고
그리움에 몸 달아도
사막은 돌아가라 소리친다
낮게 엎드려 침묵 속에
던져놓았던 기도
낙타의 되새김질이
회오리를 물고 흙비를 내린다

구름의 시간을 메우고
하늘로 솟구치는 백야
숨결만 깊어지는 사막에
등 굽은 발자국이 쌓인다

동강 할미꽃

벼랑 끝에 핀 동강 할미꽃
무엇을 위해 여기까지 왔는지
돌 틈에 제 몸 접힌 줄도 모르고
사무치게 먼 곳을 보고 있다

무겁게 누르고 있는 산그늘
놓아 버리면 그만인데
잡풀까지 끌어안고
가슴에 들어앉은 돌멩이

한 철 왔다 가는 고추잠자리도
한가롭게 강물 위를 누비는데
망설이며 건너왔던 세월
차라리 불쏘시개 되어
짓무른 잠 벗어던지고
넘치게 다가오는 바람 안고 쓰러지리

바동대다가 지진 난 심장
불도 지피지 못하면서
가끔 혼자 펄럭이고 싶은 마음
천 길 낭떠러지 훤히 보이는데
자꾸 흔들린다

스위치를 켜다

그늘 한편에 접힌 기억들이
물오른 가지에 매달린다

가시 속에서 손 내밀어
다가오는 눈빛
서툰 바람에도
장미는 붉어진다

꽁꽁 여민 가슴
다 하지 못한 말
불꽃 피워낸 가시 속
그 향기 닮을 수 있을까

피고 지고
날아와 앉은 설렘
잘 익은 여름이
마음속 스위치를 켠다

붉은 계절을 펼친 페이지에
꽃망울이 터진다

종소리

멍 안고 틀어진 기왓장에
함부로 흐르는 바람
목탁소리보다 더 깊은
스님의 염불소리
외진 길 건너
법당을 향하는
노보살의 마음을 아는

담장을 휘감다
그리움 떨구고 가는
능소화의 기다림을 아는
동백나무와 동박새의
아픈 전설 그 기도를 아는
해 질 녘 붉은 종소리
더 가벼워지고 싶다

해녀 되다

해풍, 기억을 밟는다
검푸른 바다 자맥질하며

망사리 속 소라처럼
두려움 움켜쥐고
파도 힘살 덮칠 때마다
가슴에 자라는 바위

태왁 끌어안고
문신처럼 찍은 발자국
의지할 곳 없는
모래바람 되어
숨비소리 토해낸다

눈물의 저항 없었으면
어디에 숨을 맡겼을까

파도에 묻힌 넋두리
그늘에 젖는 날에는
점점이 섬이 된다

제
2
부

봄

봉긋 부풀어 오른 봄은
빛살 스칠 때마다
우듬지 끝에서 피어난다

집요한 욕망이 환희로 열리듯
얼굴 붉히며 달아오른 햇살
봄 익는 소리에
섬진강 물비늘이 섰다

가슴 속 깊은 곳에서
출렁이던 물줄기가
촘촘히 여민 속살 드러내며
수면 위로 차오르고

봄은 그 위에 내려앉아
접힌 날개를 하나씩 풀어낸다

벚꽃

거품 물고 피어나는
꽃 보았나
제 몸 꺾어 흐드러진
정 보았나

피면 지고 말 것을
여민 틈새로
잎보다 먼저 나와
낯 붉히네

벙글은 꽃 입술 향기
마주하는 설렘으로
부풀어 오르다
터지는 환성

얼마나 많은 날
견뎠을까

봄이면 만개하는
가슴 속 불덩이
꽃 지면
남은 봄 어이하리

강가로 가자

강가로 가자
한때 터지던 벚꽃도
한철 출렁이던 갈대도
이곳에서 철들었으니
고요한 강둑에 앉아
흔들리는 것들을 잠재우자

시린 바람 불어도
하늘까지 품은 강
수만 리 건너온 새들도
이곳에서 쉬어간다
저 강과 함께 저무는 강태공들이
얼마나 많은 근심 놓고 갔는지

그 눈물 모여 하염없이 흐르는 것은
가슴 속 그늘로 오지 않겠다는 맹세
햇살 머금은 꿈들이 물결 이루는 곳
강가로 가자

꽃섬

꽃처럼 피어난 미소
쪽빛 가슴으로 떠가는
건너지 못하는 섬
꽃섬에는 슬픈 그림이 있다

색색이 고운 자리 너의 흔적으로 젖는
떠내려간 소원 따개비처럼 붙어서
잘려나간 파도 사이 바람으로 남았는지
돌아앉아 있어도 핏줄로 엉켜온다

가고 오지 못하는 섬
꽃섬에는 반쯤 꺾여
넋을 놓은 그림이 있다

꽃잎 바람

꽃잎이
부러진 가지에 매달려
깃발처럼 펄럭인다

아련한 음표 속에서
바스러지는 가슴
한때는
빛나던 순간도 있었으리라

꽃잎이 허공에 흩어진다
바람 따라 피고 진 흔적들
욕망의 사슬 지우고
경계 지우고 마지막까지
낙화하여 속절없이 사라져도
덧없다 말하지 않으리

붉은 꽃 아카시아

바람에 안겨 오는 추억
그 길을 가면
달콤한 향기가 입안에 번진다

호젓한 길 따라 걷던
그림자 새겨진 길

그 길에 서면
온기 전하지 못한 마음
변명처럼 피어난다

붉어진 가슴
하얗게 바래져도
아직 꽃이고 싶다

덧칠한 시간 속에서
맞이하고 보내는 일 서툴러도
그냥 시들게 하지는 말아야지

가을 숲

빈 마음으로 섰다
잠기던 습성도 놓아 버렸다

관절 꺾인 곳에서
모였다 흩어지는 계절

타협하지 못한
눅눅한 발자국마저
지워버렸다

떠나고 없는데
철 지난 빗소리는
왜 지금 찾아드는가

꽃잎은 지고

바람을 견디다
떨어지는 꽃잎

푸른 잎들 나뭇가지마다
매달리는데
눈길 건넬 사이도 없이

계절은
사진 속 나를
하나씩 지우며 간다

살빛 같은 향기도
곁을 주지 않으면 외로워
바람 없이도 지는 꽃잎

소리도 빛도 없는 어둠
이쪽과 저쪽 사이

지는 꽃은
이파리만 스쳐도 시리다

〉
피고 지는 일이 내 뜻 아니듯
지금 바람이 분다

겨울나무

사람들이 잎을 기다리지 못하고
멀어지면 나무는 그 자리에서
얼마나 많은 궁리를 할까

이웃이 떠나는 아침도
낙엽 지는 저물녘도
손등을 스쳐 가는 바람

빈 가지로 서서
울음소리도 내지 못하는
앙상한 나무를 본다
황망하게 나부끼는 나를 본다

벌판에 던져져서
쭉정이만 남았대도
두 다리 흔들리면 안 돼

바람꽃

오르막길 힘들어도
꽃이 피고 있음을 본다

지친 숨 몰아쉬며
바람 따라 피는 꽃

함께한 시간들 화석이 되어
계절을 쉬어가도

하루를 만나는 일이
이슬로 닿아도 천천히 견딘다

물 마른자리에
남은 꽃대 하나

언젠가 시선 끝에 지고 나면
가는 길 먹먹하게 흔들리겠지

그 길 지나며 만나는 바람
애타게 찾는 꽃 있으리라

담쟁이

가슴 에이는 겨울밤
어미 담쟁이
눈 쌓인 차가운 담벼락 안고
오르고 또 오르고
벽을 온통 감고도 모자라
남의 집 굴뚝 옆을 가네

잘도 견딘다 하였더니 그만
연기에 질식해 버렸네
까맣게 타들어 가도
온기 놓지 않는 손
어린 담쟁이 어미 손 꼭 잡고
굴뚝 옆에 잠들어 있네

노목

만선에 깃발 펄럭이던
모과나무가 바람을 견디지 못해
속이 무너지고 있다

그늘에 묻혀
차가운 공기 토해내며
몇 번이나 벗겨졌을 날개
굴곡진 껍질 속 빈 나이테

푸른 잎 수없이 스치며
열매 키우고 떨군 자리
옹이로 박혀 말라가도
화엄사 구층암 기둥 된다면
이대로 쓰러져도 좋으리

나뭇가지마다 새순 돋는데
아직 떠나지 못하는 마른 잎
짙어오는 바람은
앙상한 가지 매달고 늙어가는
세월의 떨림을 알까

석양을 건너는 강

숨죽여 간직하던 기억들
바람에 흩어지고
잃어버린 해는
구름 되어 떠도는데

그늘 딛고 서서
꺼내 보면 위로가 되어 주던
눈썹에 매달린 풍경들

혀끝에 머무는 말
다하지 못했는데
노을은 짙게 내리고
흔들리는 뿌리
자꾸 돌아보며 나를 건넌다

그림자 지우며
저문 가슴 달래는 강
오후를 거두는 해는 짧다

안개 바람

구름에 갇힌 산허리 안고
이슬 되어 사라진 서툰 뿌리
손 내밀지 못해 허기진 밤

덧없는 바람도 혼자 있지 않으려
나무 곁을 스치고
나무는 가지를 뻗어 해를 품는데
너에게 전하지 못한 말
새벽하늘에 걸린다

깊은 그늘 감추려 손에 쥔 땀
눈물 속이고 잠긴
깊은 한숨 돌아보지 마라
비 내리는 어스름 자락 들추지 마라

그림자 속 네 발자국 멀어지는데
잡초처럼 웃자란 그리움
안개 바람 되어 속절없이 흐른다

연꽃

연잎 위에
물방울이 구른다

향기 무거워
몸 비틀 때마다
뜨거워진 가슴

흔들리는 마음
숨찬 입김 맞으며
저 혼자 수줍던 사랑

새벽이슬 건너며
꽃잎 열리는 소리 듣는다

저리도 예쁜 꽃
피워내려
몇 밤을 견뎠을까

오디

바람 맞으며
까만 속
어머니 가슴을 닮으라 한다

꽃도 아닌 것이 꽃처럼 피어나
벌레 식구처럼 오글오글
어머니 한숨을 닮으라 한다

육즙의 꿈 익어 가는데
도랑에 흐르는 물소리
어머니 눈물을 대신한다

선물

언 땅을 뚫고 나온 새싹처럼
입술을 떨며 터지는 첫 울음소리

파랗게 움켜쥔 손
어느 바람길을 돌아왔을까

두려움 마주하고 서는
낯선 길 걷고 뛰는 동안

해동되지 않은 계절
하나씩 열어 가겠지

가슴 쓸어내리는 일 많아도
해맑게 반짝이는 웃음

네 눈빛 닿는 자리마다
꽃이 된다

그리움의 계절

매미 한 마리가
내 방을 들여다본다

언제부터 있었는지
가까이 가도
방충망에 발을 걸어둔 채
꼼짝하지 않는다

햇볕에 말라버린 건 아닌지
선풍기를 창 쪽으로 돌린다
나무 그늘을 두고 왜
여기까지 왔을까

언젠가 자꾸 따라오는
나비를 보며
먼저 간 동생을 생각한 적이 있다
떠나도 머무는 호흡들
창가에 그리움이 번진다

매미가 날아간다
한 번 더 와줄까
자꾸 창문을 본다

작가마을
시 인 선
067

조각조각 붉게 타다

박종숙

제
3
부

날지 못하는 새

떠나는 길 알지 못했다
너의 날개 속에서
얼룩진 그늘을 보지 못했다

온종일 비가 내려도
씻기지 않는 얼룩

강줄기 붙잡고 목 놓아도
바윗돌에 핏물 맺혀도
대답 없는 메아리

화려하게 꽃잎 날리는데
날지 못하는 새 한 마리

우체통

닿지 못한 편지는
꽃이 터지고
새가 날았다
단단하게 차오르는 걸음
칠월이 달구어지고
시월이 붉었다

가로등 젖어 오는 불빛
아직 출렁이는데
텅 빈 하늘은
잎 떨군 은행 나뭇가지에
매달려 구름을 떠올리고
그림자를 읽는다

마음을 재단하는 십이월은
밤이 길었다
주인 잃은 행간들이
처음 인사처럼 다가온다
떠나간 계절이
우체통에 쌓인다

향수

비 오는 저녁
쇠고기에 매운 마늘을 싸서
먹는다

마늘밭을 매고 온 소가
마구간으로 뛰어들며
매운 소리를 낸다

소가 여물통에 빠졌다
고향의 향기는
늘 가까이에서
덜미를 잡는다

징소리

가슴에 잠금장치가
떨어져 나가던 날
한 옥타브 높은 음으로
크게 한번 울던

늘 곁에 맴돌다
저문 해 붙들고
소리로 빛으로 떨어져 내려
홀로 떠가는 순간에도

몸 울음으로
하늘 닮은 길 열어 주고
비우지 못한 마음들을
칭칭 감고 사라지는

꽃 지는 날에도
빗소리로 운다

낡은 장화

비가 오는 날은
탱고로 붉어지는 걸음

구름이 차오르고
상처로 비틀거려도
마냥 부풀어 오르는

장대비도 두렵지 않던 젊은 날
늘 어디론가 가고 싶었다

세월에 부대껴 늘어진 발목
버려진 듯 놓여도
바람에 풀린 가슴

젖어서 더 빛나던
걸음의 물결이
펄럭이고 있었다

냄새

마른 멸치 한 줌을 넣고
다시 물을 끓인다
하루를 견딘 허기가
닫힌 뚜껑을 밀고 나온다

소금기 머금은 비릿한 기억들
지워지지 않는 흉터처럼
바다를 건져 올린 아우성이
곳곳에 잠긴다

팔딱이는 멸치 떼를 본다
겨우 숨겨 두었던 냄새가
해풍에 새겨진 가시를 삼킨다
그물에 걸린 나를 흔들어 본다

물 한 모금

날카롭게 돋아나는 가시
등 뒤로 감추고
발가락만 세며 가는 동안
그 아래 엎드린 울음을 보지 못했다

풀숲 헤치며 걸어온 시간들
헛디딘 걸음 끌어안고
다시 똑바로 걸으려 해도
짊어진 무게만 깊어진다

얼마나 더 많이
남겨진 웃음 버려야 하나

저문 해 붙들고
바람으로 서 있는 저녁
물 한 모금 위로가 될까

물결

물줄기 따라 피어나는
은빛 미소

물방울 속 긴장 매달고
그 절정 하얗게 부서져도

소리로 빛으로 머문 흔적
꽃망울 터지고 가슴 붉어진다

어둠 속에서도 발화된
바람 몰아치듯 흐르는 시간

한발 멀어지면
두 걸음 다가오는

너울 속에
한 줌 바람으로 뒤척인다

꿈 주머니

오래된 꿈들
주머니 속에서
꺼내지도 못하고
마음만 급해져서
잠 못 이루는 밤

하루가 지나고
일 년이 지나고
아침이면 다짐하지만
꿈에도
유효기간이 있는지
주머니는 점점
빈약해지고

시든 꿈 매만지다가
또 하루가 간다

돌아보기

밤새 눈이 내려
하얀 세상 꿈꾸는데

비가 자석처럼 엉겨
눈물이 되었네

흐려놓고만 실수를
비는 알까

우리도 어느 인연으로 만나
비가 되지는 않았는지

몽골의 백야

긴긴밤 홀로 젖은 바람은
빗살로 몰아치고
초가 향기 닮은 산등성이
푸른빛 수레바퀴로 솟아

먼 곳을 방황하는 초원에
서리로 부딪는 가슴
그림자마저 잠들지 못하고
다시 일어서는 빛

말발굽 소리 건너간 백야
깊은 기도로 위로하고
안개 바람 되어
하얀 그늘로 서 있다

바닷가 커피숍

빈 찻잔 세우며 가는 파도 소리
뜨겁지 못해 묻어둔 시간들이
갈증 한 모금을 삼킨다

덫에 걸린 혀가
푸른 빛 공명을 받아내며
바다를 키우는 동안

어긋났던 퍼즐 조각들이
출렁이는 향기에 밑줄을 긋고
조명등 아래 낯선 바람으로 앉는다

식지 않은 커피를 마시는 것은
하루를 비밀처럼 견디는 일이다

밤은

바동대던 두 손
거두고 싶을 때가 있어

그럴 때마다
새살 돋게 하는 밤은

기억 이전의 잠까지 불러들여
진물 난 심장 어루만진다

저 혼자도 그늘 지우려
두려웠을 것을

구겨서 던져진 어둠 다독여
또 하루를 옮기고 있다

구름꽃

문득
구름 사이를 손짓하는 그림자

낡은 대문 앞에 선다
마당에는 잡풀이 무성하고
고물 자전거가 주인처럼 서 있다

질퍽이는 길 위에서 그늘을 삼키며
감출 수 없어 터지던 빗방울
거북등 같은 부스럼을 만지작거린다

울음이 된 기억을 가두고
아픈 다리를 끌며
먼 길 배웅해 주시던 어머니

고맙다는 말 삼킨 목젖에
구름 꽃이 핀다
비가 쏟아질 것만 같다

애수

해는 지는데
가지 끝에 매달린 새
기억 닫히기 전
풀어 놓아야 할 말들

오래 묵은 소리가
체증처럼 오는데
새는 날아가고
마음 머물다간 흔적들

너를 보내지 못해
불면으로 지는 밤
섬을 흔드는 파도
달빛 삼킨다

어둠이 내리면

너는 조용히 온다지만
막 잠든 거리를 깨우고
진한 향기로 바람을 깨운다

낭만이 숨 쉬는 거리
빛나던 시절이 아니어도 좋다
욕망을 쏟아내려 찾아든 군상들이
술잔에 인생을 걸고 한걸음 느린
몸짓으로 우정이 되고 사랑이 되어
거리를 어루만진다

무대의 막이 내리면
어둠은 현란한 불빛을 삼키고
한바탕 에너지를 쏟아내며
혼신의 힘을 다하여
쓰러진 웃음을 담고 홀로 떠난다

여명

앙상하게 패인 밤을 베고 누웠다
사계절이 지나도 회복되지 않는 통증

너의 긴 잠 속에서
그물에 걸린 밤이 수없이 생겨나고
한 축이 무너지는 순간들

다시 떠오르는 해는
식어가는 체온 다독이며
밤을 견디게 한다

어둠을 향해 가는 시간은 지쳐 있어도
해는 무거운 마음 붙잡고
또 하루를 부축하며 온다

파도

조명등 아래서도
어두울 때가 있다
따뜻한 손길에도
외로울 때가 있다

가시 속에서
장미는 붉어지는데
그늘에 접힌 기억들
차가운 공기 토해내며
갈증 삼킨 하루를 견딘다

바람에 솟구쳐도
맞잡은 손 놓지 않기를
위로하며 차오른 숨결이
파도가 된다

풍경을 내리다

동공과 타협하며
끌려다니던 눈
이제 지쳤나 보다

선글라스가 모자가
굽이 닳은 신발이
나가자고 보채는데
숨는 풍경들

마음은 그대로인데
아직 보고 싶은 것 많은데
커튼에 가려진 호흡들이
자꾸 풍경을 내린다

작가마을
시 인 선
067

조각조각 붉게 타다

박종숙

제
4
부

지워지지 않는 얼룩

무엇이든 잘 닦인다는
요술 걸레
흔들리고 부딪히고
밀어내는 부스러기들
주저앉히고
묵은 때를 벗겨 낸다

방을 닦고 마루를 닦고
찐득하게 고여 있는
푸른 멍 자국을 닦고
괄호 안에 묶어둔
죽은 나무껍질 같은 눈물을 닦고
관절에 꽂힌 아픈 기억을 닦는다

하지만 입 주름에 낀 찌꺼기
화살이 되어 날아온
독이 든 말들은 미로 속에 박혀
요술 걸레도 지우지 못하는 얼룩이다

밑줄

바깥 풍경들이 석양의 눈금을 따라 비틀거린다
어둠이 내릴수록 기억의 찌꺼기가 내 안에서 팽창한다

다가갈수록 막아서는 벽
위안받고 싶은 날에 독이 든 혀가 살점을 베어 간다
마지막 순간에 짙은 그늘을 만들 것 같아 두렵다

가시도 햇살을 품으면 꽃이 되는데
무너지는 마음에 한 번 더 밑줄을 긋는다

물러서지 않을 것 같은 시간들을
침묵으로 덮고 가는 바람

남쪽 끝 섬을 착신한다

이유 없이 슬퍼지는 날은
멀리 보는 버릇이 생겼다
오랜 풍경, 멀어진 사람들
그 사이에 담겨 밤까지 젖는다

한쪽으로만 기우는 생각들
내 그늘은 습관처럼
멈추어서는 지점이 있다
자리를 바꾸어 주지 않으면
심장이 멎고 말 텐데
울타리 안에 갇힌 나
허물고 싶다

그림자놀이 하는 하루가 밀물지는 밤
허리 접힌 기억만 벗을 수 있다면
남쪽 끝 섬을 건너는 바윗돌
시린 옆구리를 쓸어 담는다

골목길

손잡고 숨어든 길
그 길을 돌아 들어가면
기다림이 있다
빛바랜 그늘 그곳은
초췌한 그리움이다

모퉁이 돌아서다 바람 마주치고
바람 따라 세월 마주친다
그곳은 거두지 못한 시간들을
팽팽하게 매어놓고 때로는
장터처럼 요란하다

황혼이 짙어질 무렵이면
할머니 품속 같은 그 길을 가면
꾸깃꾸깃 던져놓았던 웃음이 있다
한없는 설레임이다

삶의 파란 기억들이 기다랗게
누워있는 그 길은
마음의 끈을 당겨 주고
발아래 짓눌린 울음을
칭칭 감아 풀어낸다

간격

편편한 계단을 건너는 것이
더 두려울 때가 있어
편하다고 분별없이 가다 보면
소음이 일고 말아

가까운 인연도
적당한 거리가 필요한 것을
마음의 간격 알지 못하고
잘 못 짚을 때가 있어

움직이는 것이 마음이듯
오선지에 다 그려낼 수는 없어도
아름다운 선율 들으려면
불협화음을 조화롭게 건너가야 해

이제 알겠네
피아노 검은 건반이 왜
흰 건반을 가르고 있는지를

바람

밤새 바람이 가슴에서 놀았다
한껏 부풀었다가 꺼져버린 약속들
한 호흡씩 말없이 설레며
동트면 부끄러워지는 낙서로
어둠 다독일 때
바닥까지 함께 젖으며
굳은 손등 위로하던 바람이다

바람이 한 번씩 허물어져 올 때
폐부까지 녹아나던 기억
겹겹이 얼룩져 갈라지는 삶
허공에 철심을 박던 날도
파도 붙잡고 노래지던 날도
심하게 후려치며
짓무른 자리 털어내던
바람은 거기 있었다

시간이 가라앉았다 떠오르는 동안
누런 잎새 떠나지 않는 바람을 본다
회색의 소리로 분홍빛 미소로
때로는 코발트빛 속삭임
바람의 언덕에 기대어 살고 있었다

우리도 어느 결에
함께 흐르는 바람이지 않을까

타악기

깨어나는 새벽 같은 울림아
그 무엇을 위해
맨몸으로 달아오르는가

바람길 위에
하나 되는 몸짓으로
가까이 더 가까이서 흐르다

먼저 간 소리 따라
환상인 듯 열망 안고
깨어나는 만남

허공에 가슴 따개는
소리로 산다

난간

상처 덧입히다 떠난 흔적
서툴렀던 시간들은
화살이 되어 스스로를 겨누고
회오리치는 바다에 닿는다

뭍을 위로하며
깊게 출렁이는 파도는
휘청이다 주저앉아
바닥 견딜 수 있기를
더 단단해지기를 소리친다

힘들고 지칠 때 기댈 수 있는
서로에게 무너지지 않는
난간에 꽃이 피기를

둥지

푸른 병동에는
잃어버린 기억들이 떠다닌다
날개 잃은 새처럼
독이 든 현실에서
더 이상 비상하지 못하고
외떨어진 둥지에 갇혔다

문 하나 사이의 그곳은
분명 나보다 아픈 곳이기에
가슴 저며도 웃어야 한다
죄가 되어 짓무른 시간들
인연의 무게만큼만 아파도
견딜 수 있으리라

멈추어버린 태엽 같은 표정
위로하며 속죄 못한 아우성이
안개처럼 부해지는 길 삼킨다
벽을 감은 계절이 하나씩 떨어진다
돌덩이를 내리지 못한 마음이 무겁다

마네킹의 밤

시간 가르는 독백
환한 빛 너머 시선 두려워
함부로 혼자 뜨거울 수 없어

몰래 피운 연기처럼
흔들리며 오르는 몸짓
매캐한 눈빛 향한
입술 저려 오는 미소

캔버스에 펼친 꿈들
발자국 소리 따라 멀어지고
빈 몸뚱이에 어둠 걸쳐진 밤이면
화려했던 한낮의 회화에
백 번쯤 몸 일으킨다

긴 머리카락도 장신구도
굽 높은 신발도 이제 낯설어
짙은 눈썹 아래 감춘 시선들
빈 창가에 내린다

맨홀

고층아파트 사이
바쁘게 움직이는 사람들
맨홀에 빠져있는 것 같다
물리고 할퀸 진물처럼 눅눅한
맨홀 속이다

마주하는 것은
나보다 더 나를 잘 볼 수 있어
마음 열고 싶지만
갇힌 곳에서는 흐르지 못해
다가설수록 깊어지는 수렁
마음까지 갇힌 날에는
벽 하나 더 세운다

고개 들어
몇 번이나 하늘을 볼까
시린 발목 벗어
계단 하나 더 쌓아 올린다

문 잠그다

이름 달고 막 피어난 꽃송이
뭉그러지는 아픔을 본다
족쇄처럼 동여맨 상처를 본다

범람하는 세상에
시간이 죄가 되듯
나비도 죄가 되고
꽃도 죄가 되는

작은 문틈 사이로
깊어지는 두려움
부끄러움을 본다
감당할 수 없는 양심을 본다

잠시 마음 내려놓았던 세상에
스스로 자물쇠를 채운다
감정을 견인 당하는
가슴에 새소리 요란하다

유기견

끌려가는 발길
내 것 아닌 듯 멀어져도
투정하지 말자

건너는 길이 구부러져도
움푹 꺼진 눈 절벽에 닿아도
돌아보지 말자

부끄러움 견디며
몇 걸음 버틴다고
얼마나 더 나아질까

혼자 남겨져 되뇌는 외침
사람들의 시선이 머물고
불현듯 돌아서서 달린다

차들이 경적을 울리고
길 위에 버려진 마음이
흉터로 번진다

잃어버린 시간

창문 밖 계절은 피어나는데
끼니를 세며 시간을 버리는 일이
일과가 되었다

바깥 세상은 위험하다
스스로 감옥을 짓고 공포를 공유하며
'뭉치면 죽고 흩어지면 산다'를 외친다

긴장 속에서도 쓰러지는 숨 부축하는
사람들을 보며 하루를 기꺼이 내어주고
느슨해진 고삐를 다시 쥔다

풀어놓은 시계는 돌아가는데
마스크로 묶은 해는 오늘도
코로나19와 전쟁 중이다

방패를 구하지 못한 사람들이
시간을 걸어 놓고
노을 속으로 사라진다

젖은 바닥

새가 낙과처럼 뒹군다
발끝에 내려앉아 퍼덕이는 숨

흐릿한 그림자 속에서
조여 오는 두려움을 읽지 못했다

그리움 움켜쥐고 속죄하는
눈물 자국 번진 편지에서
안개 냄새가 난다

바위에 부딪쳐 거품 쏟아내도
울체된 가슴 토해낼 수 없어

화살을 삼킨 심장은
백지 위에서 감옥을 짓고
검푸른 파도로 산다

초록의 뿌리

자리다툼 하는 나무들 사이에서
바람이 가는 길을 새가 가는 길을
조금씩 비켜서는 몸짓

그늘 아래 틈바구니 견디며
가지를 키우는 동안
새들은 햇볕을 만나고
바람은 잎새를 만나고
나무들은 향기를 만난다

벼랑 끝에서도
허리 굽혀 손 마주하고
굽은 자리 탓하지 않는
초록의 뿌리는 깊어질 테니까

탱자나무 울타리

뾰족한 가시가 잘 정돈된
탱자나무 울타리는 상처 속에서
더 단단해지는 기억을 말한다

아버지는 우리가 들어오는 길이
환히 보이도록
전투적인 가시들을 낮게 잘라 내셨다

세월이 지나도 탱탱하게 부풀어 올라
두려움에도 손잡아주는
그 향기는 내 의식 속에서
반항하는 그늘을 오래 버티게 했다

자식들을 대신해
위로가 되었을 탱자나무 울타리

아버지 속마음을 보지 못한
회한의 눈물이 가시를 삼킨다

풍선껌

입김으로 불면
터질 듯 부풀어 오르는
기쁘게 두근거리는 단맛

건너지 못한 약속
팽팽하게 띄운 마음
눈물 꽃 되어 시들어도

가슴 둥글게 열어주고
환하게 다가오는
처음처럼 맑은 첫사랑

항아리

햇살 한 줌 바람 한 줌도
감사한 정이라는 걸 알게 하는
세월 꾹꾹 눌러 곰삭은 인심

삶이 시들해지거나 들뜰 때
마음 제자리로 놓아주고
항상 넉넉한 가슴으로 있는
주기만 하는 사랑
항아리 곁을 스치면
어머니 냄새가 난다

뭐 넣을 것도 없으면서
분신처럼 가지고 다녔던 것들
텅 빈 항아리는
자식 먼저 떠나보내고
멍하니 하늘 바라보시던
어머니의 허허로운 가슴
오늘도 빈 항아리를 애써 닦는다

해명 海鳴

용궁사 앞바다에는
어미의 울음이 있다

억겁 중생의 한
굽어 흐르는 기도 따라
가슴에 산처럼 있는 바위
쓸어내리는
어미의 한숨이 있다

심장을 달래는
염불 소리에도
숨 고르지 못하고
철썩이다 솟구치는
푸른 멍 자국

용궁사 앞바다에는
하늘에 닿을 듯
분노하며 쓰러지는
애달픈 절규가 있다
그리움이 있다

작가마을
시인선
067

조각조각 붉게 타다

박종숙

시집해설

부재와 결핍의 풍요로움, 혹은 기억의 시학

황치복
(문학평론가)

부재와 결핍의 풍요로움, 혹은 기억의 시학
— 박종숙 시인의 시집 읽기

황치복(문학평론가)

1. 고향, 영원한 시의 원천

박종숙 시인의 첫 번째 시집이다. 대부분의 첫 시집이 그렇듯이 이 시집 또한 시인이 시집을 발간하기 전까지 겪어온 과거의 경험들이 집약되어 있다. 그런데 상처 없는 인생이 없는 것처럼, 시인이 겪은 과거의 경험은 온갖 이별과 좌절, 결핍과 부재의 상실감으로 점철되어 있다. 그래서 시인은 다양한 사물과 장소에 새겨져 있는 잃어버린 과거를 찾아서 순례를 떠나는데, 그 순례의 과정에서 시인은 시인의 삶을 여전히 지배하고 있는 원초적 세계를 만나게 된다. 그 순례의 과정이 바로 이번 시집이라 할 만한데, 그렇기 때문에 이 시집의 곳곳에는 지금은 회복할 수 있는 과거의 아름다웠던 시절에 대한 회한과 그리움으로 가득 차 있다.

지금은 없는 그때 거기의 소중하고 아름다웠던 시간과 공간들은 기억을 통해서 재구성되기 마련이다. 기억은 이미 지나가 버린 것들을 다시 복원하는 유일한 기제라고 할 만한데, 이 시집은 기억의 시집이라 할 만큼 기억에 대한 애착과 이미지로 넘쳐나고 있다. 기억이 이번 시집의 가장 주된 모티프라고 할 때, 우리는 전통적인 서정시의 정의에서 핵심적인 개념인 회감(回感, Erinnerung)이라는 어휘를 떠올리게 된다. 전통적인 서정시에서는 이미 지나가 버린 과거의 일들에 대한 순간적인 기억의 소환이라고 할 만한 이러한 개념이야말로 서정시의 본령이라고 할 수 있는데, 시인은 이러한 서정시의 문법을 충실하게 따르고 있다고 할 수 있을 것이다.

과거의 기억 가운데 가장 중요하고 소중하게 생각되는 것들은 고향에 대한 이미지라고 할 수 있을 터인데, 고향의 이미지는 당연히 거기에서 공동체 생활을 영위했던 어머니와 아버지의 추억을 환기하게 된다. 인간의 가장 원초적 공간이라 할 만한 고향은 서정시의 근원적인 공간으로 작동하면서 또한 가장 원초적인 인간관계인 어머니와 아버지를 소환하는 것이다. 그리고 기억의 내용물 가운데 어찌할 수 없이 보내야 했던 피치 못할 이별의 추억은 모든 사람들의 기억 속에 남아서 회한(悔恨)으로 작동할 것이다. 인간이 겪어야 하는 가장 근원적인 상실감에 속하기 때문이다. 이러한 불가피한 이별은 시인에게 그리움이라는 정서를 야기할 것인데, 회복할 수 없는 상실과 결핍은 그것을 향한 간절하고 애타는 마음을 형성할 것이기 때문이다.

박종숙 시인의 이번 시집에서도 가장 주된 시적 모티프는 기억과 그리움이라고 할 수 있는데, 이러한 주제는 첫 시집이 통과해야 하는 관문과도 같은 역할을 한다. 시인은

유독 기억에 대한 깊은 관심과 애착을 드러내고 있는데, 그것은 그만큼 시인이 깊은 상실감을 경험하고 있으며, 삶에 대한 회한과 아쉬움의 정서에 침윤되어 있다는 의미가 될 것이다. 그래서 이번 시집은 시인에게 도저히 어찌할 수 없는 한을 풀어내는 과정이며, 상처와 아픔을 치유하며 결핍과 부재를 삶의 일부로 수용하는 다짐이기도 할 것이다. 고향에 대한 향수를 다룬 시편부터 읽어보자.

> 비 오는 저녁
> 쇠고기에 매운 마늘을 싸서
> 먹는다
>
> 마늘밭을 매고 온 소가
> 마구간으로 뛰어들며
> 매운 소리를 낸다
>
> 소가 여물통에 빠졌다
> 고향의 향기는
> 늘 가까이에서
> 덜미를 잡는다
>
> ― 「향수」 전문

그리 어렵지 않게 시상의 전개 과정을 확인할 수 있다. "비 오는 저녁" 외식을 하면서 마늘과 함께 소고기를 먹게 되었다는 것, 그런데 갑자기 "마늘밭을 매고 온 소"가 떠올

랐다는 것, 그 소는 "마구간으로 뛰어들며/ 매운 소리를"
냈다는 것, 그래서 시인은 그 소를 통해서 "고향의 향기"를
느꼈다는 것이 이 시가 전하는 메시지의 전부이다. 그러니
까 시인은 도시의 고깃집에서 소고기를 먹으며 고향을 떠
올렸다는 것인데, 이러한 상상력은 물론 소가 고향 풍경의
가장 중요한 이미지라는 것에서 유래하는 것이기도 하겠지
만, 시인의 마음이 언제나 고향에 대한 그리움으로 충만해
있었다는 것도 추측할 수 있다. 고향에 대한 상념이 전제
되었기에 소고기를 먹으며 곧장 고향의 향기를 연상할 수
있었기 때문이다. 이 시에서는 소고기를 먹으며 떠올린 고
향의 소에 대해 미안해하는 시적 화자의 마음을 느낄 수 있
는데, 이러한 설정에서 우리는 신성한 고향에 대한 시인의
경외심까지 읽어낼 수 있다. 시인이 문득 떠올리곤 하는 고
향에는 꿈에도 잊을 수 없는 어머니와 아버지가 계신다.

문득
구름 사이를 손짓하는 그림자

낡은 대문 앞에 선다
마당에는 잡풀이 무성하고
고물 자전거가 주인처럼 서 있다

질퍽이는 길 위에서 그늘을 삼키며
감출 수 없어 터지던 빗방울
거북등 같은 부스럼을 만지작거린다

〉

울음이 된 기억을 가두고
아픈 다리를 끌며
먼 길 배웅해 주시던 어머니

고맙다는 말 삼킨 목젖에
구름 꽃이 핀다
비가 쏟아질 것만 같다

— 「구름꽃」 전문

　"구름 사이를 손짓하는 그림자"란 물론 고향을 대변하는
어머니에 대한 추억일 터인데, 어머니에 대한 상념은 시인
을 고향의 본가로 안내한다. "낡은 대문"이 있고, "마당에
는 잡풀이 무성하"며, "고물 자전거가 주인처럼 서 있"는
풍경은 화려하거나 아름답기보다는 초라하고 몰풍경한 모
습을 지니고 있지만, 어머니의 기억이 있기 때문에 정겹고
따스한 정감을 자아낸다. 그러한 고향 땅에서 "감출 수 없
어 터지는 빗방울"은 어머니의 삶에 대한 시적 화자의 안
타까운 마음에 대한 은유이기도 하고, 어머니의 서러운 인
생에 대한 메타포이기도 하다. 그것은 "거북등 같은 부스
럼을 만지작거리"며 치유의 효과를 발휘하는데, 그 속에는
"아픈 다리를 끌며/ 먼 길 배웅해 주시던 어머니"에 대한
기억이 담겨 있기 때문이다. 시인은 그러한 어머니에 대한
추억에 젖어 들며 울컥하는 감정의 동요를 느끼고 정서적
파동으로 빠져든다. "용궁사 앞바다에는/ 어미의 울음이

있다// 억겁 중생의 한/ 굽어 흐르는 기도 따라/ 가슴에 산처럼 있는 바위/ 쓸어내리는/ 어미의 한숨이 있다"(「해명(海鳴)」)는 시편에서도 알 수 있듯이 어머니에 대한 생각은 한숨과 울음으로 점철되었던 어머니의 한스러운 생애를 연상시키기 때문이다. 어머니에 대한 시편을 하나 더 읽어본다.

　　햇살 한 줌 바람 한 줌도
　　감사한 정이라는 걸 알게 하는
　　세월 꾹꾹 눌러 곰삭은 인심

　　삶이 시들해지거나 들뜰 때
　　마음 제자리로 놓아주고
　　항상 넉넉한 가슴으로 있는
　　주기만 하는 사랑
　　항아리 곁을 스치면
　　어머니 냄새가 난다

　　뭐 넣을 것도 없으면서
　　분신처럼 가지고 다녔던 것들
　　텅 빈 항아리는
　　자식 먼저 떠나보내고
　　멍하니 하늘 바라보시던
　　어머니의 허허로운 가슴
　　오늘도 빈 항아리를 애써 닦는다

　　　　　　　　　　　　　－「항아리」 전문

시적 제재가 되고 있는 "항아리"는 어머니의 삶과 내면을 함축하고 있는 은유적 대상이라고 할 수 있을 터인데, 그 넓고도 유연한 모양과 텅 빈 속이 어머니의 품성을 표상해준다. 그러니까 항아리는 "햇살 한 줌 바람 한 줌도/ 감사한 정이라는 걸 알게 하는" "곰삭은 인심"이라든가 인품의 메타포이기도 하고, "항상 넉넉한 가슴으로 있는/ 주기만 하는 사랑"의 표상이기도 한 셈이다. 더욱 주목되는 이미지는 텅 빈 항아리가 "자식 먼저 떠나보내고/ 멍하니 하늘 바라보시던/ 어머니의 허허로운 가슴"에 대한 은유이기도 하다는 점인데, 텅 빈 항아리의 그 허전하고 공허한 공간이 애틋하게 여겨진다. 이러한 마음이기에 시적 화자는 "오늘도 빈 항아리를 애써 닦는다"라고 하면서 그러한 어머니의 마음에 애도와 위로의 심정을 전하게 된다. 시인의 고향에 대한 이미지 속에는 애절하고 애틋한 어머니에 대한 기억이 오롯이 자리잡고 있다는 것을 확인할 수 있었거니와 아버지에 대한 기억은 어떨까?

　　뾰족한 가시가 잘 정돈된
　　탱자나무 울타리는 상처 속에서
　　더 단단해지는 기억을 말한다

　　아버지는 우리가 들어오는 길이
　　환히 보이도록
　　전투적인 가시들을 낮게 잘라 내셨다

세월이 지나도 탱탱하게 부풀어 올라

두려움에도 손잡아주는

그 향기는 내 의식 속에서

반항하는 그늘을 오래 버티게 했다

자식들을 대신해

위로가 되었을 탱자나무 울타리

아버지 속마음을 보지 못한

회한의 눈물이 가시를 삼킨다

– 「탱자나무 울타리 전문

　탱자나무 울타리의 이미지는 한평생 가족이라는 공동체의 든든한 울타리가 되어 주었던 아버지의 표상이기도 하다. 시적 공간에 등장하는 "잘 정돈된" "뾰족한 가시"는 아버지의 엄한 꾸중과 질책을 암시하면서도 잘 짜여진 질서와 조화를 시사하기도 한다. 그러니까 시적 화자에게 아버지는 혹독하고 엄한 존재로 각인되어 있으면서도 올곧고 정갈한 이미지로 기억되고 있는 것이다. 아버지는 기억 속에서 근엄하고 매서운 이미지를 지니고 있지만, 또한 "아버지는 우리가 들어오는 길이/ 훤히 보이도록/ 전투적인 가시들을 낮게 잘라 내셨다"는 표현에서 알 수 있듯이 매우 따스하고 정감이 있기도 했는데, 그러한 아버지의 성품은 "세월이 지나도 탱탱하게 부풀어 올라/ 두려움에도 손잡아주는" 역할을 감당하고 있다. 오랜 시간이 흘렀지만,

시적 화자는 아버지의 음덕을 입어서 꿋꿋하게 살아가고 있는 셈이다. 이처럼 고마운 존재이지만, 가족들을 위해서 수많은 가시를 세우고 바람벽 역할을 담당했던 아버지가 감당해야 했던 신산함과 고독함은 오로지 혼자만의 몫이었을 것이다. 뒤늦게 시적 화자는 "아버지 속마음을 보지 못한/ 회한의 눈물이 가시를 삼킨다"고 하면서 그러한 아버지에 대한 연민과 공감의 마음을 표하게 되는데, 이러한 공감의 언어들은 아버지에 대한 그리움의 정서적 표현이기도 할 것이다. 고향에 대한 그리움, 그리고 고향에서 연상되는 어머니와 아버지의 기억을 살펴보았는데, 모든 것들이 회한의 정서적 파동을 형성하고 있음을 알 수 있다. 회한의 정서는 불가피한 이별과 상실의 경험을 통해서 더욱 증폭된다.

2. 회한과 그리움, 혹은 불가피한 운명의 파동

고향의 상실, 그리고 어머니와 아버지와의 이별은 시인에게 가장 근원적인 상실의 체험으로 각인되었을 것이다. 하지만 이러한 원초적인 체험 외에도 실존적 인간은 무수한 운명의 장난에 휩쓸려 불가피한 이별과 상실에 직면하게 되는데, 이러한 운명의 파국은 회한과 그리움이라는 정서적 파동을 형성하기 마련이다. 그리움의 정서는 박종숙 시인의 이번 시집에서 가장 주된 정서적 자장이라고 할 수 있는데, 대부분 불가피한 이별과 상실로 인해 발생하고, 그로 인한 부재와 결핍이 시인의 내면 풍경을 형성하게 된다. 작품들을 읽어보자.

오솔길 걷다가 하늘을 본다   오솔길 걷다가 하늘을 본다
품으로 뛰어든 붉은 노을   품으로 뛰어든 붉은 노을
기억 속 풍경 감아쥐고   기억 속 풍경 감아쥐고
목이 쉬도록 울던 날   목이 쉬도록 울던 날
버텨내던 신열같은   버텨내던 신열같은
아픔의 조각들이   아픔의 조각들이
새벽을 지우며   우리가   새벽을 지우며
나를 달랜다   다시   나를 달랜다
이 세상에   바람으로   이 세상에
온 이유   만나서   온 이유
묻는다   너   묻는다
지금   다시   지금
우리가   나에게로   우리가
바람으로   온다면   바람으로
만나 다시   바람으로   만나 다시
온다면 우리   만나   온다면 우리
다시 만난다면   꽃처럼   다시 만난다면
바람으로 만나서 다시   바람으로 만나서
기쁜 일들만 네게 핀다면   기쁜 일들만 네게
꽃처럼 피어난다면   꽃처럼 피어난다면
오늘도 난, 너를 쓴다   오늘도 난, 너를 쓴다
기억 속 풍경 감아쥐고   기억 속 풍경 감아쥐고
품으로 뛰어든 붉은 노을   품으로 뛰어든 붉은 노을
오솔길 걷다가 하늘을 본다 오솔길 걷다가 하늘을 본다

– 「조각조각 붉게 타다」 전문

포멀리즘formalism의 형식을 취하고 있는 이 시에는 불가 피하게 헤어질 수밖에 없었던 안타까운 사람에 대한 회한 과 재회의 소망을 피력하고 있는데, "우리가/ 다시/ 바람 으로/ 만나서/ 너/ 다시/ 나에게로/ 온다면/ 바람으로/ 만 나/ 꽃처럼/ 다시/ 핀다면"이라는 시구를 다이아몬드 같은 형상 안에 새겨 넣음으로써 그 속에 담긴 의미의 소중함과 간절함을 강조하고 있다. 시적 화자는 오솔길을 걷다가 기 억 속의 풍경 떠올리는데, "목이 쉬도록 울던 날", "버텨내 던 신열", "아픔의 조각" 등의 표현들이 사랑하던 사람과의 어쩔 수 없는 이별이 초래한 고통과 아픔의 강도를 강조하 고 있다. 특히 "이 세상에/ 온 이유/ 묻는다"는 구절을 보 면 사랑하는 사람과의 이별이 지닌 의미와 가치를 짐작할 수 있는데, 존재 이유가 의문시될 만큼이나 그 상실과 결 핍의 농도가 강렬함을 느낄 수 있다. 이러한 강렬한 아픔 과 회한의 정서적 농도는 "기억 속 풍경 감아쥐고/ 품으로 뛰어든 붉은 노을"이라는 이미지라든가 "조각조각 붉게 타 다"라는 제목에서 연상할 수 있는 붉은 색의 색채 이미지 가 대변하고 있는데, 이러한 이미지는 상실과 부재의 고통 이 현재진행형임을 암시하기도 한다. 이러한 강렬한 농도 의 정서가 응축되어 앞서 지적한 다이아몬드라는 결정의 형상으로 나타난 것이라고 할 수 있는데, 이러한 대목에서 도 시인이 느끼는 그리움의 정서에 대한 강조를 짐작할 수 있다. 그리움은 불가피한 운명으로 인한 결별이 야기하는 것이라는 점에서 회한의 감정과 결합한다.

어스름 빈 뜰에
다가오는 환한 웃음
밝아서 더 시린
바래지 않는 기억이다

계절은 다시 가도
떠나지 못하는 구름
바람 소리마저 꺾여
멈춰진 시간 속에 떠 있다

헝클어진 걸음 마주칠 때마다
눈물 겹겹이 쌓인 하늘
울체된 가슴은
잠 속에서도 자유롭지 못하다

어쩌다 슬픔으로 보냈을까
탓하고 싶은 마음
회한으로 얼룩진 가슴에
비가 되어 내린다

만날 수 없는 그리움
아파도 잊는 것은 더 두려워
푸른 날의 꿈들 데리고
빗물 삼키며 간다

― 「비를 맞다」 전문

도저히 보낼 수 없는 사람을 보내고 나서 밀려오는 회한의 파동을 온몸으로 감당하고 있는 시적 화자의 모습이 그려지고 있다. "어스름 빈 뜰에/ 다가오는 환한 웃음/ 밝아서 더 시린/ 바래지 않는 기억"이라는 구절에서 부재하는 존재로서의 떠나간 사람이 시적 화자에게 미치는 영향력과 중요성을 확인할 수 있는데, "밝아서 더 시린"이라는 표현이 역설과 아이러니로 점철된 회한의 성격을 선명히 보여준다. 회한이란 "언젠가 자꾸 따라오는/ 나비를 보며/ 먼저 간 동생을 생각한 적이 있다/ 떠나도 머무는 호흡들/ 창가에 그리움이 번진다"(「그리움의 계절」)라는 표현에서 짐작할 수 있듯이 혈육과 같은 소중한 사람과의 이별에서 발생하고, "떠나도 머무는 호흡들"과 같이 사라졌지만 잔존하는 역설적 성격을 지지고 있음을 알 수 있다. 이 시에서도 이러한 역설적 성격이 절묘하게 포착되고 되고 있는데, "계절은 다시 가도/ 떠나지 못하는 구름/ 바람 소리마저 꺾여/ 멈춰진 시간 속에 떠 있다"라는 표현이라든가 "만날 수 없는 그리움/ 아파도 잊는 것은 더 두려워"라는 구절 속에서 그것을 발견할 수 있다. 그러니까 회한이란 계절이 다 지나갔는데도 떠나지 못하는 구름처럼 미련과 아쉬움에 그 부재의 시공을 머뭇거리는 것이며, 아파하면서도 그 기억이 소멸할까 봐서 두려워하는 듯한 모순적인 태도를 취하는 것이다. '님은 떠났지만, 나는 님을 보내지 아니하였습니다'라는 시구처럼 회한은 부재의 공간에 머물면서 그곳에서 배회하는 감정이라고 할 수 있는데, 이 시는 그러한 회한의 감정이 지닌 메커니즘을 절묘하게 묘사하고 있는

셈이다. 그리움이란 이별이 생성하기도 하지만, 못다 이룬
사랑의 아쉬움에서 발산되기도 한다.

낙타를 기다리는 사막은

작은 바람에도 설렌다

가도 가도

끝이 보이지 않는 길

낙타는 돌출된 육봉에

말하지 못한 언어를

산처럼 쌓고 간다

황량함 끌어안고

그리움에 몸 달아도

사막은 돌아가라 소리친다

낮게 엎드려 침묵 속에

던져놓았던 기도

낙타의 되새김질이

회오리를 물고 흙비를 내린다

구름의 시간을 메우고

하늘로 솟구치는 백야

숨결만 깊어지는 사막에

등 굽은 발자국이 쌓인다

- 「낙타와 사막」 전문

낙타와 사막의 애절한 사랑의 드라마가 펼쳐지고 있다. 물론 이러한 낙타와 사막의 사랑은 시인이 직접 경험한 체험의 알레고리일 수도 있고 상상력의 산물일 수도 있지만, 서로 사랑하면서도 불가피한 사정으로 인해 결합할 수 없는 상황에서 파생하는 애절한 정서가 파동치고 있다. "낙타를 기다리는 사막은/ 작은 바람에도 설레"면서도 "그리움에 몸 달아도/ 사막은 돌아가라 소리친다." 사막을 사랑하는 낙타 또한 "돌출된 육봉에/ 말하지 못한 언어를/ 산처럼 쌓고" 다닌다. 그처럼 표현하지 못한 채 저장되어 있는 말은 "낙타의 되새김질"을 통해서 "회오리를 물고 흙비"로 내리게 된다. 그러니까 사막과 낙타는 서로 간절하게 서로를 원하지만, 어떤 불가피한 사정과 운명으로 인해서 서로 결합할 수 없는 처지에 있게 되고, 그렇다고 서로를 포기할 수도 없는 딜레마적 상황에 처해 있는데, 이러한 상황에서 애틋한 그리움과 회한의 정서가 파생되는 것이다. 사막과 낙타의 그리움과 회한의 정서는 "숨결만 깊어지는 사막"이라는 표현, 그리고 거기에 쌓이는 "등 굽은 발자국"이라는 이미지 속에 응축되어 있는데, 화인火印처럼 각인되어 있는 사막 속의 발자국이 사막의 내면 풍경뿐만 아니라 낙타의 애타는 심정을 응축하고 있다. 사막 속의 발자국이란 이미지는 "너를 보내지 못해/ 불면으로 지는 밤/ 섬을 흔드는 파도/ 달빛 삼킨다"(「애수」)라는 표현 속에서 발견할 수 있는 달빛 품고 출렁이는 파도의 이미지처럼 고요 속에 파동치는 정서적 물결을 암시하고 있는 것이다.

3. 기억, 부재와 상실을 메꾸는

운명의 가혹함으로 인해서 사랑하는 사람을 떠나보내야 했거나 사랑하면서도 받아들일 수 없는 불가피한 상황으로 인해서 야기되는 그리움과 회한의 정서적 파동에 대해 살펴보았다. 이러한 상황이 시적 감동을 자아내는 것은 후회와 반성으로 점철되어 있는 과거의 상처와 아픔이 인생의 보편적인 형식일 것이기 때문이다. 그런데 이러한 회한과 상처로 점철되어 있는 과거라는 시간도 세월의 흐름은 아름다운 것으로 채색하기 마련이다. 그리하여 그것은 고통과 아픔을 산출하는 동인이 아니라 부재와 상실을 메워서 풍요로운 상상적 현실을 재구성하는 질료가 된다. 박종숙 시인의 이번 시집은 기억의 시학이라고 할 만큼 기억에 대한 시편들이 곳곳에 편재하고 있는데, 시인이 유독 기억에 애착을 느끼는 것은 그것이 그만큼 지금, 여기의 궁핍과 결핍을 보상해주는 기제가 되기 때문일 것이다. 상처를 들쑤시는 기억이 없는 것은 아니지만(박종숙 시인의 이번 시집에서 이러한 기억은 대부분 말에 의해 야기되는 상처이다) 시인에게 기억은 삶을 이끌어갈 수 있는 자양분이기도 하고, 미래를 기획하는 재료이기도 하다. 기억의 시편들을 읽어본다.

만선에 깃발 펄럭이던
모과나무가 바람을 견디지 못해
속이 무너지고 있다

그늘에 묻혀

차가운 공기 토해내며
몇 번이나 벗겨졌을 날개
굴곡진 껍질 속 빈 나이테

푸른 잎 수없이 스치며
열매 키우고 떨군 자리
옹이로 박혀 말라가도
화엄사 구층암 기둥 된다면
이대로 쓰러져도 좋으리

나뭇가지마다 새순 돋는데
아직 떠나지 못하는 마른 잎
짙어오는 바람은
앙상한 가지 매달고 늙어가는
세월의 떨림을 알까

– 「노목」 전문

바람이 노목을 병들고 늙게 하는 외부적 힘을 표상하고
있다면, "굴곡진 껍집 속 빈 나이테"는 노목이 그러한 세월
을 뚫고 나온 인생의 시간과 그러한 시간에 새겨진 무늬로
서의 기억을 함축한다. 그러한 기억이란 "푸른 잎 수없이
스치며/ 열매 키우고 떨군 자리"에서 "옹이로 박혀 말라가
는" 형상을 띠고 있는 데서 알 수 있듯이 온갖 간난신고의
고통과 상처가 만들어낸 무늬이다. 또한 그것은 "나뭇가지
마다 새순 돋는데/ 아직 떠나지 못하는 마른 잎"과 같은 성

질을 지니고 있는 것으로서, 시효를 상실한 것이기도 하다. 하지만 시적 화자는 "앙상한 가지 매달고 늙어가는/ 세월의 떨림을 알까"라고 하면서 그러한 기억이야말로 삶을 생동감 있고 풍요롭게 하는 전율과 자극의 요소임을 강조한다. 기억은 노목으로 하여금 시간이라는 세월의 파괴 작용이라든가 감각을 무디게 하는 둔감함을 극복할 수 있는 기제로 수용되고 있는 셈이다. 시인의 의식이 유독 기억으로 향하는 이유가 여기에 있을 것이다.

푸른 병동에는
잃어버린 기억들이 떠다닌다
날개 잃은 새처럼
독이 든 현실에서
더 이상 비상하지 못하고
외떨어진 둥지에 갇혔다

문 하나 사이의 그곳은
분명 나보다 아픈 곳이기에
가슴 저며도 웃어야 한다
죄가 되어 짓무른 시간들
인연의 무게만큼만 아파도
견딜 수 있으리라

멈추어버린 태엽 같은 표정
위로하며 속죄 못한 아우성이

안개처럼 부해지는 길 삼킨다

벽을 감은 계절이 하나씩 떨어진다

돌덩이를 내리지 못한 마음이 무겁다

- 「둥지」 전문

제목인 둥지란 "푸른 병동"에서 병마와 싸우고 있는 환
자들의 보금자리를 의미하는데, 지금까지의 시적 전개 과
정을 보면 이 둥지는 일생을 마감하기 위한 거처인 요양원
을 연상케 한다. 그곳에는 "죄가 되어 짓무른 시간들"이 지
배하고 있으며, 그리하여 시적 화자는 "인연의 무게만큼만
아파도/ 견딜 수 있으리라"라고 고백하고 있지만, 어쨌든
거기는 한평생의 회한과 죄책감의 무거움이 지배하고 있는
곳이기도 하다. 또한 "돌덩이를 내리지 못한 마음이 무겁
다"는 시적 진술에서 알 수 있듯이, "속죄 못한 아우성"으
로 인해서 마음의 짐이 "둥지"를 억누르고 있음을 알 수 있
다. 그 속의 삶이란 "멈추어버린 태엽 같은 표정"이 지배하
고 있으며, "안개처럼 부해지는 길"이 삶의 방향성을 혼란
스럽게 하고 있음을 알 수 있다. 주목되는 점은 이러한 혼
란과 무거움이 "잃어버린 기억"으로 인해서 파생되고 있다
는 점이다. 시적 화자는 잃어버린 기억으로 인해서 "날개
잃은 새처럼/ 독이 든 현실에서/ 더 이상 비상하지 못하고
/ 외떨어진 둥지에 갇혔다"라고 묘사하고 있는데, "멈추어
버린 태엽 같은 표정"이라는 표현과 함께 잃어버린 기억으
로 인한 혼란과 무감각의 퇴행적 결과를 강조하고 있는 것
이다. 물론 잃어버린 기억이 모든 사태의 책임은 아니겠지

만, 둥지의 사람들이 폐쇄된 공간에 갇혀서 무기력하고 무
감각하게 되거나 한결같이 무거운 마음에 짓눌리고 있는
것은 죄의식과 함께 기억의 붕괴라는 현상이 작동한 결과
일 것이다. 다음 작품도 사라지는 기억에 대한 안타까움을
표현하고 있다.

숨죽여 간직하던 기억들
바람에 흩어지고
잃어버린 해는
구름 되어 떠도는데

그늘 딛고 서서
꺼내 보면 위로가 되어 주던
눈썹에 매달린 풍경들

혀끝에 머무는 말
다하지 못했는데
노을은 짙게 내리고
흔들리는 뿌리
자꾸 돌아보며 나를 건넌다

그림자 지우며
저문 가슴 달래는 강
오후를 거두는 해는 짧다

– 「석양을 건너는 강」 전문

"숨죽여 간직하던 기억들/ 바람에 흩어지고"라는 시의 첫 구절이 기억에 대한 애착과 그것의 소멸에 대한 안타까운 시적 화자의 내면을 잘 보여주고 있다. 시적 화자는 소중한 기억이 바람에 흩어지자 "잃어버린 해는/ 구름 되어 떠"돈다고 하면서 기억의 상실이 모든 삶의 방향 감각을 상실케 할 수 있음을 암시하고 있다. 문제는 "노을이 짙게 내리고/ 흔들리는 뿌리"처럼 자신의 삶이 황혼을 향해 다가가고 있으며, "오후를 거두는 해는 짧다"는 표현에서 알 수 있듯이 그 노을의 시간도 얼마 남지 않았다는 점이다. 시적 화자의 내면이 초조함과 불안함으로 채워져 있음을 알 수 있는데, 그 초조함을 더욱 촉발하는 것은 "혀끝에 머무는 말"을 "다하지 못했"다는 절박함이다. 그러니까 시적 화자는 황혼을 향해 다가가면서 불안과 초조에 사로잡혀 있는데, 그 원인이 어떤 소중한 말을 다하지 못했다는 것, 그리고 그러한 말은 기억의 소멸과 함께 영원히 침묵의 영역으로 가라앉을 것이라는 예감 때문이다. 제목인 "석양을 건너는 강"의 이미지는 물론 해가 지는 시간의 흐름을 강조하기 위한 표현이기는 하지만, 그것은 우리의 주제와 관련시켜 볼 때 저물어 가는 기억에 대한 안타까움을 함축하는 표현이기도 함 셈이다. 마지막으로 기억의 놀라운 역능을 다룬 작품을 읽어본다.

그늘 한편에 접힌 기억들이
물오른 가지에 매달린다

가시 속에서 손 내밀어
다가오는 눈빛
서툰 바람에도
장미는 붉어진다

꽁꽁 여민 가슴
다 하지 못한 말
불꽃 피워낸 가시 속
그 향기 닮을 수 있을까

피고 지고
날아와 앉은 설렘
잘 익은 여름이
마음속 스위치를 켠다

붉은 계절을 펼친 페이지에
꽃망울이 터진다

– 「스위치를 켜다」 전문

"그늘 한편에 접힌 기억들이/ 물오른 가지에 매달린다"
는 표현을 보면 기억이란 장미 나무의 잎에 대한 은유라는
것을 알 수 있는데, 그 잎이 하는 역할을 보면 평범하지가
않다. 기억이라는 나뭇잎은 "가시 속에서 손 내밀어/ 다가
오는 눈빛"이기도 한데, 그것은 붉은 장미꽃을 피어나게
한다. 그런데 그 기억이란 것은 궁극적으로 앞서 인용한 시

에서 "혀끝에 머무는 말/ 다하지 못했는데"라는 표현에서 문제가 되었던 "다 하지 못한 말"이 표현되도록 한다. 그것은 "잘 익은 여름이/ 마음속 스위치를 켠다"는 구절에서 알 수 있듯이 궁극적으로 마음속에 숨어 있던 참된 마음으로서의 진정성과 마음의 본체와 같은 본디의 마음, 곧 있는 그대로의 실재를 표현하도록 하는 것이다. "꽁꽁 여민 가슴"이 "다 하지 못한 말"이라든가, 있는 그대로의 마음을 실재를 표현한 것은 "붉은 계절을 펼친 페이지에/ 꽃망울이 터진다"는 구절에서 알 수 있듯이 시인이 쓰는 진솔한 시일 것이다. 페이지에 터지는 꽃망울이란 시의 은유적 표현이기 때문이다. 화자는 그러한 표현이 "불꽃 피워낸 가시 속/ 그 향기 닮을 있을까"라고 하면서 장미의 향기를 품기를 소망하는데, 마음속에 숨어 있는 진정성과 실재를 표현하는 시가 아름다운 꽃의 향기를 지니지 않을 이유가 없을 것이다. 더욱 주목되는 점은 이러한 모든 사태의 근원적인 원인이 기억이라는 점인데, 따라서 기억이란 시인의 시적 창작을 위한 가장 근원적인 질료가 되는 셈이다. 시인이 기억에 그토록 집착하면서 연연해 했던 이유가 여기에 있었던 것이다.

박종숙 시인의 시집을 모두 읽어보았다. 물론 이 시집에는 더욱 풍부한 모티프와 은유들이 숨어 있는데, 말에 대한 시인의 관심도 주목할 만한 주제 가운데 하나일 것이다. 또한 나무의 이미지라든가 강물의 이미지 등도 분석할 만한 가치가 있다고 생각된다. 하지만 회한의 정서와 기억의 모티프가 가장 강렬하게 다가왔기에 이러한 점에 초점을

맞추어 접근해 보았다. 첫 시집에서 이만큼의 완성도를 보이기도 어려울 것이라 생각된다. 첫발을 잘 내디딘 시인이 더욱 깊고 넓은 시의 세계로 나아가기를 기대한다.

작가마을 시인선